詩集

ひだまり

キリエ

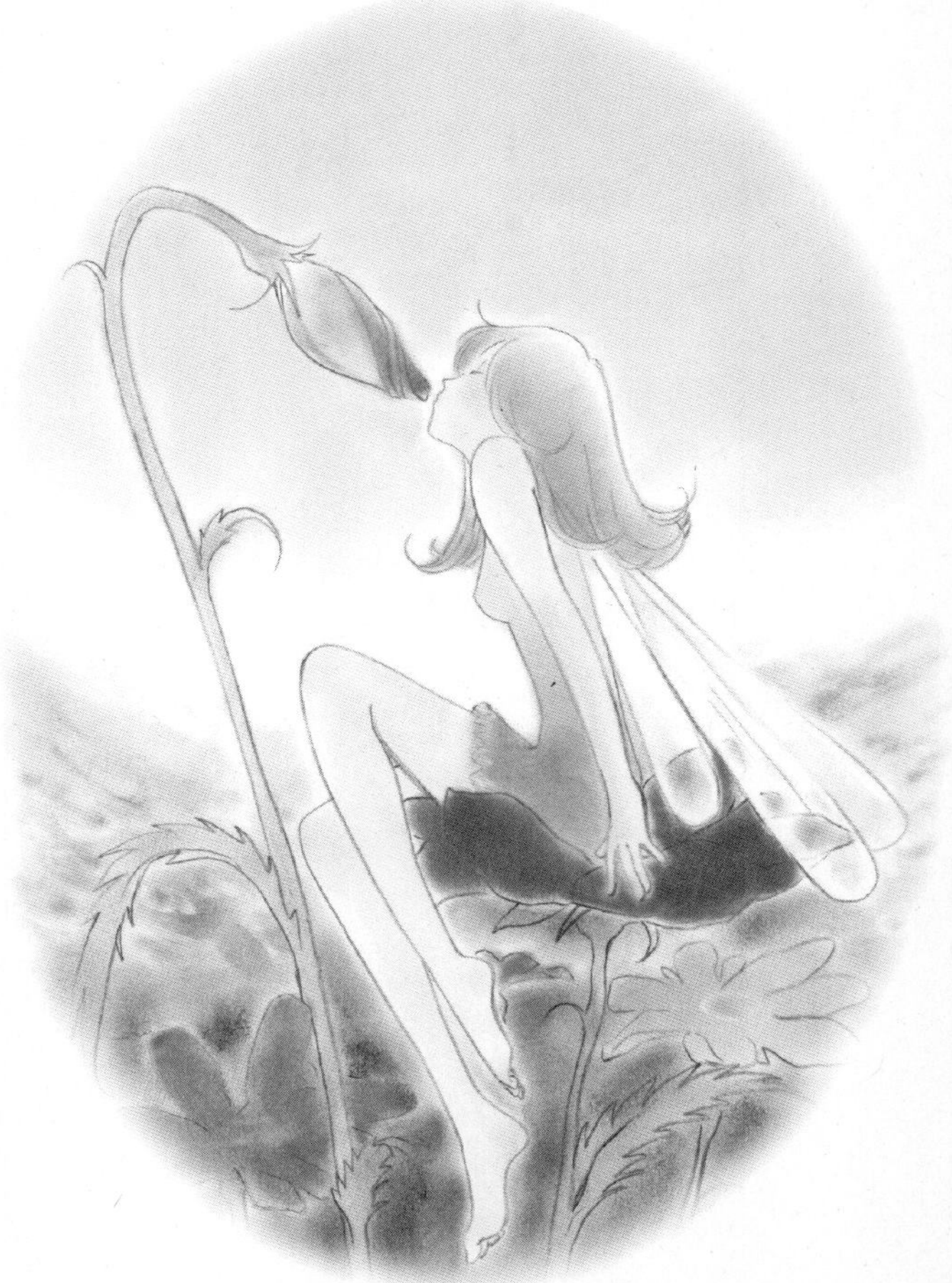

文芸社

目次

『少女の後ろ姿』

後ろ姿　駆け足のあの子は
少し昔のわたしの残像
きつめのメイクで背伸びして
ハイヒールをぎこちなく履いていた
駆け足は
あなたに追いつくため
赤く象った唇は　あなたに
大人の女性だって
認めて欲しかったから……

窓から全部の草花に語ったのよ
あの日々のわたしは
確かにあなたを愛していたって
此所から見える全部の星たちに願ってた
いつの日か　あなたの隣で笑い合い

手を繋げたなら幸せだわって

今日　何年か振りに受話器を取った
あなたの番号を押す手も震えてた
懐かしくて涙が出た
あの恋は　憧れで終わってしまったけれど
どうか　忘れないで

あなたを想い続けてひとり
過ごした時間に
いまでも　陽だまりのキスを送ってる
あれは　わたしの後ろ姿……

『ひと言の過ち』

雨水がソーダ水だったら
ひとりきりの雨夜も少しは
さみしくないのに
霰がオレンジ味の飴玉で
雪が綿菓子だったなら
とことん憂鬱な日も
へっちゃらを装う　わたしが居た筈だのに

「あなたは多分もう来ない……」
喫茶店の窓硝子に小さく書いて
扉を開けた
北風がなぶる涙は苦々しくて
わたしをこっ酷く叱り付けた

不意に出た言葉が

あんなに悪戯っ子だと気づいていたなら
喉もとでしっかりと押し留めたのに……

後悔の景色は味気なく
雪はそっぽ向くように吹きながら
あの日のあなたのしかめっ面を思い出させた

心の中だけのことかも知れないけれど
この世では
千の優しさより
一つの過ちの方が
大概は　重んじられてしまうみたいだ

『キャンディー』

耳元で揺れるイヤリングまで
小生意気に見えちゃうくらい
上目遣いが印のわがまま娘の君
陽気な悪戯思いついちゃう
奔放なおつむも
僕の意見などお構いなしに
ぐいぐい街へと連れ出す手も
僕は丸ごと好きだったりするんだ
痘痕も笑窪ってな感じでさ

僕なんて　ほら
ぱっとしない　インテリだから
君のその
まぶたを飾る色彩一つで白旗掲げちゃう
甘い素振りのキャンディーみたいにさ

味見すれば塩辛くって
びっくり箱みたいにさ
一緒にいると何が起こるか
神さまだって知りえもしない
そんな君は確かにトラブルメーカー

でもでも　はちゃめちゃな癖に
恋愛映画で泣けちゃうこととか
おませな癖に　二人きりになると
手を離すとことか
君の中のはにかみ屋な「女の子」
見え隠れしてること
僕は見逃したりしない

最初は塩の利いたキャンディー
舐めてく内に甘さだけが残るみたいに
僕の恋した君が行き着く先は
やっぱり　素敵な美少女

『笑顔の魔法』

どんなに胸が窮屈な朝でも
こんな些細な痛みなんかに
表情《かお》を歪めさせたくはない
膝を抱え込んで
眠れなかった夜の後先にでも

だから　あたし決めたんだ
まずは　あたしへ
わくわくな気持ちが
誰かに伝染しちゃうくらいの笑顔を
朝一番に
鏡越しに贈ってみること

　容易じゃないのは承知の上だ
でも欲しいのは　いつだって

ヒマワリみたいに　しょ気ない強さ

曇りの日でも漏れた光を探して
大好きなお日さまへと
満開の笑顔を向けてみる
弾けるような南風の元気を
ストローで吸い込んで
飛び切りの笑顔で
家路を後にしてみる

そしたら不思議と
心に翼が生えてきて
喧嘩っ早い友達にでも
構わず穏やかに接せられて
運がいい日は　こっちにまで
素朴な笑顔が帰ってきたりするから

笑顔の魔法は素敵だ

『日が昇る限り……』

今朝もお伽の国から
目覚ましに引き戻される
薔薇色とまではいかないけど
とび色とも言い難い
現実世界

あたし白雪姫でもないけど　ねえ
鏡の前に立てば　いつだってウキウキ
まるで華やかなる良き時代の
舞踏会に引き込まれたみたいに
サーモンピンクのルージュを
軽く滑らすだけで
背筋はピンと優雅に
中身の心はピンポン玉みたい
軽快に弾むの

時折　涙が滲む日もあるけど　ねえ
日が昇る限り
悲しみは余り続かないみたい

「木立に隠れて俯いていたら
　木漏れ日に見つかるよ……」

不意打ち好きの木霊たちの声に
何だか笑顔が零れてきた

『桜色の小話』

いつも同じ歩幅で歩く
きみとぼくの小指と小指には
ほんのりと色づいた
桜色の見えない糸が
幼い僕らを繋げてくれている
そよ風と遊びながら

きみのお気に入りのエプロンドレス
ぼくが砂場で転んで
汚しちゃったときも
膨れっ面で泣いているきみ宛に
桜色の糸電話で
ごめんなさいしたら
また　いつもの天使の微笑み
きみの円らな瞳を彩った

いつかね……
まだ　ずっと先のことなんだけれど
桜色の糸が赤い糸になったなら
一緒にウエディングベルを鳴らそう――

それが今　ぼくの隣で
慎ましやかに笑う幼き日の花嫁へ
差し出した小指と小指の
小さな恋の物語……

『コップ一杯の水』

コップ一杯の水で
朝日を捕まえて
コップ一杯の水で
今日を生きる覚悟をする

どれだけ　無意識の中で
生きてきた日々が愚かしかったか
意識せずに見逃してきた
意味深なメッセージが
隙間風に混じって
意識して生きる　覚悟を促す

日記に書き忘れたような
些細なこととか
しまい忘れたコートのポッケに

あった筈のものとか

数えだしたら切りがない　色んなこと

喉を潤す
コップ一杯の水を揺らしては
今日も家路を後にする

『春は絵葉書に乗って』

冷たい冬の終わりに
わたしは見たわ
金色の写真立てに
いま尚　飾られている
知らない大地と
花篭いっぱいの春で満たして
踊るように過ごす
ハニーブラウンの髪の少女を

お下げがとても似合う
琥珀を嵌めたような素朴な瞳には
大自然の景色が燦然と
だから
少女には怖いものなどなかったのね……

絵葉書に見つける異国の地のあの子
屈託のない手紙だけが
いまとなっては
彼女とわたしの絆だけれど

遠い友よ
綻ぶ口元から花の香が
閃く瞳からは小川のせせらぎが

確かに届いたよ
わたしの胸にも
桜の花の一片程の春が……

『恋泥棒　～バレンタイン大作戦～』

君の斜め後ろの席から送信ボタンを押す
投げやりな恋のテレパシー
ノートの切れ端で作った
飛行機に込めた　デートの誘い
君の机に無事到着

当たり障りのない言葉でねえ
二学期は誤魔化していたけれど
もう後はないから
誰かが仕組んだ陰謀だとしても
バレンタインには君を射止める

引っ詰め髪のリボンを解《ほど》いて
軽いウエーブがかった背中までの髪
爽やかなコロンの香りをなじませる

委員長のバッジも捨てて
セントバレンタインデー
何処にでもいる
おしゃれ好きな恋する女の子に戻ろう

手作りチョコには
媚薬の隠し味を一振り
君のハートを盗む
恋泥棒になろう

#『女の子の夢　～花の精の魔法～』

フレアドレスに水玉リボン
瑠璃色のビーズで
ラピスラズリの魔法をかけよう

女の子は誰だって
心掛けひとつで
お姫さまにだってなれるんだから

背筋をピンと伸ばして
口許から朗らかなほほえみを
白いレースのパラソル　くるくる回して
昼下がりの菜の花畑に立てば
誰だって
たおやかで素敵な白雪姫に早変わり

ピーチに染まるほっぺは
チークで染めたみたいに可憐
艶やかな唇は
ほのかに色づいたリップグロスの仕業
ティアラ代わりに
一生懸命編んだ花冠をかぶって
一礼すれば　ほら

なんて　素敵なお姫さま

花の精のように
煌いているわ

『月夜の晩に』

茜色の地平線
太陽が一休みと告げたら
準備はオーケー
ぼくら　月夜の精の出番だよ

月の光に銀色の翼をもらって
瑠璃色の夜空と
マシュマロみたいな柔らかい雲を
星屑のステッキで描くんだ
陽気な鼻唄　風に乗せては
星型スタンプを一生懸命
闇に散りばめるんだ

夜泣きがひどい赤ちゃんが
安らげるよう

仲良しの恋人たちが
明日も幸せなよう――

そんな願いを歌いながら
月下で踊っているから
ぼくら　脇役
人間のだれ彼に知られなくたって
夜の仕事は素敵さ

だから　朝日がお頭《つむ》を見せたら
今日もしっかり朝寝しよう
星のステッキ　磨いたりしながら
また月夜の晩を待とう……

『ブランコに揺られながら』

空の上には　きっとあるわ
クジラみたいな大きな雲の原っぱに
煌びやかな城と
カラフルな羽根を閃かせる
妖精たちの花園《はなぞの》

クレヨンを宙に伸ばせば
アイスクリームもケーキも望みのまま
イチゴだってサービスよと出現する
あたし　そっくりの
はなぺちゃ妖精が
マーガレットに目鼻や口を描けば
たちまち聞こえてくるわ
綺麗な花園から
青い鳥の話やユニコーンの住処に至るまで

楽しげな黄色い顔のひそひそ話――

目にしたことなどないけれど
遥か雲の上のフェアリーランド

あたしは
緑の蔓の絡まったブランコに揺られながら
いつだって信じているの
羽根のある　小さな美少女たちのことや
カバンの中にしまってある
幾つかのお伽話

『コカリナに愛をこめて』

森の奥で君を待ってる
ありのままの君の笑顔を
わたしは静かに待ち侘びる

林道に咲く名もない花になって
ひっそりと
冬の沢沿いを歩く鹿の群れに
雪解けの恵みをひたすらに祈る
凍えた木立ちとなって
強く強く

今は涙目をしている君よ
飾り気のない笑顔を見せておくれ
一昔前の暑い日差しに
幼い君がくれた　あの

無邪気な素顔を

風のかたことの歌に
川の清流の下りに
コカリナの音色が僅かにでも
響いてきたのなら

その音に息づく森の息吹が
君の心に届いたのならば……

『夢の国』

窓際を飾る小さめのテーブルには
まるで異次元へとわたしを運ぶ
手品師がひそんでるみたいに
無言の宴に皆様　大はしゃぎ……

銀色の写真立てには
ベレー帽のキツツキが住んでいて
麗らかな森の木で巣作りに熱中中

傍らのポプリの小瓶からは　いつも
ラベンダー畑の爽やかな風が吹いていて
硝子細工の妖精たちは
今にもその手のラッパやバイオリンを
演奏し出しそうな面持ちだ

黄昏時の刹那だけ不意に寂しくなる
小さなテーブルに零れた夢

捕われのわたしは
葦のように風に乱され
いずれ引き潮に浚《さら》われる……

『夏の終わり』

暑気を北風が奪い去って
風鈴に描かれた小魚もどこか淋しげ

いつの間にか夏も終わり間近で
橙色のドレスを剥いだ
ほおずきみたいな夕日に
まっすぐ好きな向日葵の後ろ姿も
ちょっぴりへこんでる

今年も海は賑わって
真っ黒に日焼けした子供たちが
うきわを持って駆けてった
砂浜には小さな足跡がてんてんと
宝のありかを示しているかのように
暗号文字みたい　迷走していた

反するように私は
相変わらずの白い肌
浴衣に袖を通して
今年最後の花火を彼と楽しむ傍ら
どこか物憂げに
別れの言葉を連想したりしている

『霧雨の朝』

霧雨の朝
山の峰まで白くけぶって
雨声だけが友達の散歩道
こまどりは葉っぱの下で雨宿り
緑が放つ流麗な声色《こわいろ》に
耳傾け　誘われたように
山吹の喉を高らかに震わせてる

恵みの雨は　山吹の楽士は
ひとときの安らぎを　静寂を
陸《おか》へ海へ
集落や街へ至るまで
別け隔てなく　優しき両手を広げて

笑顔なら　なおのこと

涙も　そんなならいいな……

こまどりの樺色の羽音を
包む世界は広々とした
葉掠《はがす》れの楽園
霧雨の向こうには小川や湖ができて
せせらぎや湖面の波紋が
鐘のように響き渡る……

『マーブル模様』

雲になれたら幸せかな
夜明けの水平線までひとつ飛び
ピンクのマーブル模様の飾りをつけて
僕は鳥でいうところの孔雀
ハンサムな僕にきっと
誰もが振り返る

雲になれたらやっぱり素敵かな
激しい雨が枝葉《えだは》に打ちつけても
マッチ箱みたいなレンガ造りの家々を
すいすい泳ぎながら見渡せるし
上を見遣るだけで青空と視線がぶつかる
浮き雲の特権だ
世界一周旅行だって夢じゃない

だけど　やっぱり僕は僕でよかった
こうして君と手だって繋げられるし
黄昏のグリーンフラッシュは無理でも
マーブル模様の雲なら
朝の散歩道で十分　出逢えるもの

大好きな君の隣で……

『水玉の中には可憐な花々も』

君もわたしもまるで
とても大きな水玉の中にいるみたい
水に絵の具を薄く溶いたような
限り無く白に近い青空の下《もと》

お母さんのおなかの中から
突然見知らぬ地へ押し出され
その手元からも離れて
ずいぶん遠いところまで
歩いてきてしまったように
思いがちだけれども

魚のように波間に漂ってた　あの頃と
本当は何にも
変わってはいないわ

水草のかわりに震える木立ち
珊瑚礁がこの地では
花々だったり
秋の紅葉だったりするんでしょう

ただ
変わってしまったとするのなら
君もわたしも
ほんの少し寂しがり屋の
臆病な人になってしまっただけよ……

『そらのさかな』

魚になって舞いたいな
桃色珊瑚の砦を飛び越えて
水草の森をひらひらひらひら
銀色ゆらめくレースをまとって

真ん丸お月さまは
今宵も遠いお空に
虹色の輪っかの中　金色のまばたき
少女のようにはにかんで
ちぎれ雲の夜空を美しく着飾ってる

あの空にはとうてい
ぼくの手など届きはしないけど

夜明けの太陽も

情熱に染まる落日も
みんなみんな海に生まれ
海に沈みゆくから

魚になって舞いたいな
空色よりいっそう深い藍色の海を
そして　いつかいつかね
月の女神さまと
空中遊泳　楽しむんだ……

#『双　葉』

芽吹いたばかりの僕らは双葉
一番最初に見た景色は
立派なポプラのお膝下
街路樹の顔さえ空くらい遠い
生まれたばかりの
おチビな僕ら

小犬が走り去るのを
目を丸くして驚き
蝶々の優雅な舞に見惚れながら
きらめく木漏れ日を体中に浴びて
僕らははしゃぎながら
ちょっとずつ大きくなってく

そうして前より

ちょっぴり背《せい》が高くなった頃
ひょっこり小さな葉っぱが伸びをして
新しい兄弟ができた

双葉の僕らは
ふたりぼっちじゃなくなったけど
いまも仲良く
同じように目線を合わせ
同じくらいのスピードで
日毎夜毎　大きくなってく

おもいっきり
可愛い花を咲かせるんだって
いまも同じ夢を見て……

『悲しみの半分こ』

水玉模様の泣き声半分こ
ついでにリュックのアンパンも半分こ

あなたは忘れたふりしてるの？
ほら目をつむって
過去の景色に降り立とう
あたしたち長年　悲しい夜も苦しい夜も
そうやって繋げてきたじゃない

だけど　年々男の子は大きくなって
背中で泣くって知っちゃったから
半分こはちょっと無理って
気づいてしまった

けれど　そんな軟弱な有刺鉄線

あたしは容易く通り抜けられる
半分こが無理なら
湯たんぽ代わりに
背中から抱きついちゃえ……

『ちんくしゃテディ・ベア』

屋根裏部屋に
いまでもこっそり隠してある
ちんくしゃな手作りテディ・ベア
捨て猫みたいな涙目して
あたしに言うの〝どこか遠くへ連れてって〟

幼き日の夢見がちなあたしには
ファンタジックな世界があって
星の塔と名づけた屋根裏部屋へは
何度も行ったわ
ママの目盗んで
お下げ頭でうきうきしながら

ポケットサイズのあたしの世界では
クマのぬいぐるみだって大切なお友だち

蜘蛛の巣を綺麗に取り去って
小窓から見えるすずめに手を振っては
マーガレットの歌声に心静かに聴き入った

その昔　新品のテディ・ベアは
いっつも　あたしのパートナー
プラスチックの指輪も
大切なお守りだった……

つやつやしてた　あのこま切れの時間たち
時は砂となって零れゆくけれど

ぼろぼろのあんた
いまでも好きよ
いつでも好きよ
ちんくしゃテディ・ベア

『雲の舟の話』

それは幼い頃
そう黄色い帽子と水色の服着た
園児だった頃のお話

あたしは何の疑いもなく
信じていたわ
綿菓子みたい　ふかふかベッドの雲は
風が運ぶ大空の舟で
あたしのことをいつか魔法の国へ
連れていってくれるって

山の頂から
川面流れる葉を追って
いつしか黄河に辿り着き
大海原をすんでのところでかわして

遥か彼方へいくのだと……

それは遠い空の話
「あたし」のあどけなかった頃の夢物語

けれど　どこかにあるのかしら
空飛ぶ綿菓子の舟
だれかしら旅しているのかしら
——いまでも　ふと頬杖ついて
考えてみたりしているの……

『運命の恋』

ちょっぴり危険な崖すら飛び越えて
恋をスケッチ
描くなら　わたしサイズの
鮮やかなばら色のハート
大好きという
胸のポーチから食み出しかねない
アイツへの想い

　少しくらい好みの顔と違ったって
　四六時中大好きなことに
　汗水流して頑張るアイツの
　真っ直ぐで　輝いてる瞳が好きなんだ――

あの日　運命は偶然という帽子をかぶり
ひょっこりと現れるや否や

アイツとわたしを結び付けた
真っ赤なリボンで　ぎゅっと

だから　何年傍に居ても
消えちゃわない
トキメキ一欠けら
恋の火種がここにあるから
これが恐らく　運命の恋

少しくらい描いてた人とは違っても
わたしたちは似たもの同士
握ってる手と手のぬくもり
来年も再来年も
同じように大切にしたい

『春風と踊ろう』

燃えては消える炎の速度で
恋に落ちて失恋しても
春の陽気は残酷なくらい穏やかに
きらきら川面を流れていくから

よし決めた

あたしも河川敷をゆく
蝶々みたいに　朗らかに
空元気でもいいよ
川面に投げ込んだ石ころみたいに　とんとんと
踵を鳴らして春風とダンスしよう——

　湖れば神話の時代から　ねえ
チューリップの赤い傘の下やらに隠れて

ほくそ笑んでるキューピット

気紛れなあなたの恋の矢に
いたいけな胸が傷ついて
酷い嵐が吹き荒もうとも
あたしの居場所は　いつ何時だって
晴れ晴れとした青空の下《もと》

この大地にいる限り
涙は風が拭い去る
悲しみは日の光が喜びに替えてくれる

『お伽の春』

絵の具で描いたような
鮮やかな花々たちの楽園で
みんなより　ちょっぴりのっぽのチューリップ
彼女が相槌打ったら　さあ
真昼間の宴が始まるわ

おしろい塗ったりして
おめかしした花たちと一緒に
妖精たちは賑やかに
絵本とこの世をスキップで行ったり来たり

豊饒の春に
尖った緑や白い耳を寄せて
森のいのちの息吹を体中に感じてる
風の狭間や野原でターンを決める——

あたしはシフォンの南風に揺られながら
その光景に見入る　通りすがりの異邦人
そよぐ　チューリップの花弁に
優しい口づけをしただけだけど

妖精たちの住まう本は
あたしの腕の中……

『万華鏡』

恋のときめきに似たこころで
覗いた　まあるい世界は
仲良くくっついたり　意固地に離れたり
ロンドを踊る宝石たちの
めまぐるしく移ろう花模様

　こっちはだあれ？
　あっちが本物？
　行き当たりばったりの
　夢見るような宝石　銀の海を行くのよ

銀の敷居に阻まれて
遠くのサファイアの紳士とわたし
いまは離れ離れだけど
明後日辺りはパートナーになれるかしら？

不安だけどね
銀の垣根すら飛び越えて
しゃらしゃらしゃらしゃら
一輪の大きな花になるのは
大得意なわたしたち
だから　こころはみんな一緒だよ

アクアマリンのわたしとそっくりのきみ
よくよく見れば別人のわたしたち
こっちがすっぴんの笑みを向けると
きみも似通った顔で
垣根の向こうでキラキラ笑ってた

鏡越しでふたりは手を繋いでた

『パステルピンクの恋の中』

パステルピンクの恋模様
硝子細工の椅子に軽く腰かけて
あなたとあたし
ふたりにしか読めない恋の物語を
ふたりにしか探せない明日を
日向ぼっこしながら
また　夜空に髪を靡かせながら
爪楊枝サイズの羽根ペンで　綴ってきたわ
書き終えた一枚一枚の　葉っぱの原稿用紙は
風に飛ばされないよう
宝物がしまってある　引き出しの中に
そっと忍ばせて――

あれは　星の降るような晩のこと
小さな妖精たちの集う

お花見に向かう途中
不可思議な神の意図に引き寄せられた
あなたとあたしと恋の出逢い

運命は休みなく
思わぬ方へ流れるけれども
まだ　あなたとあたしも
パステルピンクの夢の中
背丈もティーカップも
サイズはとことん違うふたりだけれど
いつだって　心は一緒と信じてる……

『女の子の不思議』

女はみんなダイヤの原石
元々は十人並みの顔かたちでも
美しくなくっても　ぱっとした華がなくっても
ときめきという魔力にかかれば
さあ　大変
誰だって
洗練されたセレブに早変わり

マニキュアだけでは物足りなくなって
爪先に星屑のカプセル
踊らせてみたり
年中ストレートロングだった髪型を
お色気たっぷりに
波打つウエーブに替えてみたり……

恋する女って
とことん不思議な生き物だわ
猫撫で声で　愛を囁く裏側で
弛みのない　女磨きをしているくせに
恋する彼には
そんな努力を見せたくないでいるの

そういう私も　女なのだけど

『はじめてのルージュ』

ママの目盗んで
はじめて化粧台を散策した日
霧のような　ぼかしの入った瓶に
うっとりして　時間がたつのも忘れてた

ママの目盗んで
はじめてルージュを塗った日
ドキドキして手が震えてた
唇から食み出た　赤い色は
明らかに
クレヨンとも絵の具とも違った質感だった

河川敷を仔犬のように
紙飛行機を片手に走る男の子
女の子だからって

泥まみれになれなかった
お行儀の良いだけのわたし

いまだって
泥まみれの男の子にも憧れるけど
前とはちょっと違った感じ

塗りすぎて真っ青になった瞼《まぶた》も
食み出したルージュの赤も
いつかは　上手に肌になじませて
ボーイフレンドと腕を組む日が来るのかしら?

はじめてルージュを塗った日
生まれて来てから　一番最初に
自分の中の女性を感じた一日

『女の子の素敵』

ちょっとくらい
しゅんとする事件があっても
あたしたち女の子
窓を開けて空を見上げて深呼吸
南風を受けて　伸びやかな心に
近づけるのよ

だって　元々泣き顔なんて似合わないから

ちょっとくらい　疲れてしょ気ちゃう失敗
連打してくらくらしても
ミラーの前に立てば女に早変わりできるわ

ビューラーに睫のカールはお任せよ
睫はラメ入りシャドーで決めましょう

女の子は光もの好きだから
ちっちゃなダイヤの魔力も借りて

しゅんとしてるなんて似合わないから

しとやかでなくても笑いましょう
はねっかえりと呼ばれるくらい　強《したた》かに
じゃじゃ馬と呼ばれるくらい　元気に
一昔前でいうところの
「はいからさん」にでもなりましょう
ラインストーンのチェーンベルトもお忘れなく

『小人の視点』

例えばこのちいさなシロツメクサ
小人の視点から見れば　一体どんなかしら？
毛糸の帽子のぼんぼりを思い出す
花の茎にぶら下がって
遊んでいたりするのかしら？

気立てのよい駒鳥やスズメが
小人たちにはぴったりの飛行機だという
夕べ見た夢のお伽話

小人に羽根がないって本当かしら？
三角帽子を被っているって
考えただけでも　空気の味さえ
いつもとは違うわ――

朝露のこの上ない美しさ
名も無い花の赤い花弁の
水に落ちる密やかな音

小人の視点になれば　分かる筈
見えなかったものが聴こえてくる筈

きっとね……

『恋するのはのっぽのあの子』

あたし　ちょっぴりおしゃまな小さな妖精
人魚の艶っぽさには　敵いやしないけど
透かしの入った白い羽根で
どこまでも行けるし
男の子にはモテモテなのよ

だけども時にはご用心
恋には火傷もつきものだわ
空中散歩を楽しむ傍ら　見かけるなり
恋したあの子は人間だったから
あたしの姿も視線すらも感じないもの——

恋しちゃ駄目って
自分に魔法かけちゃうほどにね
確かにあの子は素敵なのよ

報われなさが反動になって
余計あたしを苛立たせるのよ

無遠慮に座り込む現実は
あたしは妖精　あの子は人間ってな感じで
マーガレットを手にしてみたけど

恋占いなんて
はじめから必要なかったみたい

だけど　もし　あの子が
だれかに恋したなら　その時は
その子の肩に腰かけて
迷わずに　祝福するわ

あの子の良いとこ
いっぱい囁くわ

『ポシェットに光を詰め込んで』

どの季節も素晴らしいけれど
あたしは　格別好きだよ
麗らかな春の昼下がり

涙目で起きた朝にでも
太陽は陽気に光を散りばめてるから
雨の日も　もちろん好き
車窓で飛び跳ねる雨粒は
時に万華鏡のようだから……

ねえ　ある時期
どんな悲劇に見舞われた時にでも
俯いてばかりはいられない

落ち込んでたあたしの鼻先に

黄色い蝶々が止まった
今日は何ともロマンチックな一日

だから　今度の休日も
南風の手招きするがまま

出かけよう

今度はあなたも連れて光ある草原へ

ポシェットに甘いお菓子と
柔らかな気持ちを詰め込んで
きらめく思い
風や太陽　蓮華や蝶と
分かち合う

そんな太古の人の生き様　夢に見る

『チューリップ畑のおしゃべり』

あたしたち　はいからさんなチューリップ
色彩様々な分　ちょっと煩わしいかしら？　って
花壇で行儀よく　並んでいるとね
自由に宙を行く紋白蝶が素敵だねって
褒めてくれたの
だから　ささやかなお礼代わりに
蜜を少しだけ分けてあげるの

　彼が飛び立った後は
　少しの間だけ　あたしたちのおしゃべり
　中断するけどね

あたしたち　おませなチューリップ
花壇でリズムよく
右へ左へそよがれてたら

スキップしながら近寄ってきた　おちびさんに
可愛いって褒められちゃったから
調子よく　投げキッスを送ったの

　すると　子供には伝わるのかしらね？
　その坊やったら　照れくさそうに
　駆けてった――

あたしたち　色彩豊かで元気そうだけど
飛ぶことも
歩くことも
求めちゃいけないのかしらね？
なんて
たそがれちゃうことだってあるけれど
あたしたちの咲き誇る一齣は
　春の喜び　春の催し

『スカーレット』

荒野にひとりぼっちでぽつりと
咲くあの花をごらん

君が嬉しいときには
朝露に輝いて
君が泣いてるときには
沈み込んでいたりする
そんな鏡のような花が
君の心の隅っこにひっそりと
静かに咲いているでしょう

　枯らすも生かすも
　すべては君の心次第

辛いときにはせめて

満点の星空の下で温めあい
喜べるときには愛をこめて
ひだまりのようなくちづけを……

君の心に咲く花は
とてもか弱い花かも知れないけれど
花開いた情熱は
唐傘《からかさ》に映える牡丹の気高さ

白い花弁に紅の微笑が
はらはらと舞っては
君の素顔を覗きこんでる……

『素晴らしい一日』

今日はデートよ　憧れのあの人と

だから
しかめっ面の小父さんの顔も
おませでウブな　小難しい年頃の娘さんも
何だか今日は微笑ましい　全てがパラダイス

国中の花が
喜びのわたしの歌に耳傾け
水色の磨硝子《すり》に隠れた
宇宙の星たちが
わたしの為だけに
瞬いているみたいよ

恋ってなんて素晴らしいの？

あの人はなんて素敵な人なの？

ミズスマシに問い掛けたけど
こちら側を一瞬ちらり
振り返っただけ
長い脚でそそくさと　水をかいて
視界から消えてった……

そんなでも
今日は最高にツイてる一日

ドレッサーとの睨めっこ
飽きちゃう前に
サンドウィッチを持って出かけよう
木漏れ日と投げキッス　交わしながら

『春雨とタップダンス』

春雨の降りしきる草っぱら
フェアリーたちは何して過ごす？
葉っぱの下で眠る子いるだろな
おしろいまぶして
夜の宴を待つ子もいるだろう

だけども　どうせなら
宙にストライプ描く雨と
両手繋いで
元気に歌う
あの子のようでありたい

蓮華草を傘に　左へ右へ
ぴょんぴょん跳ねる
はねっかえりのあの少女

霞草の髪飾り
やんちゃだから可愛く映る——

もしもの話だけれどね

フェアリーの羽根　持てたなら
灰色の空の涙の下でも
喜劇を詠いたい

蓮華草を傘にして
斜め右　斜め左
ってな具合で
タップダンスを思いっ切り
春雨の歌声に合わせて
踊るんだ

『水の心模様』

水は百面相する物知り屋
掬うこと叶えど摑むこと叶わぬ
おまけ付きのびっくり箱さ

水は厳しく優しい教師さ
ざあざあ降って
だれが我慢強いか秤《はかり》にかける

萎れた子にも　踏んばった子にも
おしまいはいつも
綺麗な雨粒のビーズで飾ってやる

水は地球に優しい母さんのようさ
あの夜　隠れて流した涙も
ちゃんと脳裏に留めておいでだ――

水は時に恵みの雨だ
たまに怒って洪水起こす神様

どっちがほんとの顔なのか
首傾げても　どこふく風と
今日は涙脆く
あしたはきっとシャイになって
湖で静かに
恋人たちを映す鏡に変化する

その変わりぶりったら
人の心模様と瓜ふたつ

『春の到来』

三角帽子のその子は風の申し子
ヤンチャな子
春の到来　とことん派手に祝う
雲の波間をスイスイ
緑の葉っぱは舟代わり
魚のように上手に擦り抜ける

優美に微笑む　あの子は春の申し子
ぶっきらぼうな春一番　通り過ぎたら
花畑の一輪一輪の蕾に
目覚めの時間よと口付ける

開いた菜の花からは
宝石のように輝く
小さき童が目を覚ます

一輪一輪に宿る魂
伸びをしながら黄色い絨毯に
　喜びうたう

木々の影からは　風の申し子
南風となって
春の申し子　見惚れてそよぐ

『カラーの花の小妖精より』

春雨の粒に叩き起こされて
あたしはカラーの花を滑り台に
草むらを　村人に見つからないように歩く
羽根はアゲハ蝶みたいな模様付き
アーモンドの目も髪も肌も
真緑っぽくって
ばら色の肌の貴婦人たちに憧れたりもするの

　だけども　あたしはあたしでね
　良いところだってあると思うの

普段着だって人間たちの
ファッション雑誌でコーディネート
日の丸の国には　もう
着物着てる人が少ないのと同じ感覚

あたしは今風　小妖精
ネールアートで爪の中にまで
小さな箱庭　フレッシュでしょ？

ほんとはね
薔薇や百合みたいな
華麗な花の精に憧れてたけど
あたしはあたしで
魅力ある　「ジェンヌ」だと思うの

『陽気なパンジーの歌』

上向いてるのが大好きなパンジー
風変わりな顔だけれど　よくよく見ると
滲み出す愛らしさ
ちゃんと乙女の色艶も
仄かに　漂わせてる

彼女が愛するのは誰なのかしら
特定の紳士なのかな?
それとも　見た目どおり
みんなが大好きなのかな?

だから　ちょっぴり首が疲れても
めげずにお空を仰いでるんだろ
水仙みたいに水面に咲く姿は見えないけれど

きっと　彼女たちは
わたしたちより　何倍も物知り
地下より水を吸い上げるのも上手だし
雨の日さえも　天真爛漫な笑顔で
だれかを癒す術も知ってる
鳥とかしかおしゃべり相手もいないけど
人を陽気にする歌も
ちゃんと歌える

著者プロフィール

キリエ（本名　西谷 恵）

1978（昭和53）年4月6日生まれ。
京都府宮津市出身。
宮津市立暁星女子高校卒業。
HP　Yahoo！の検索で『ミューズの庭園』と入力してください。

詩集　ひだまり

2002年10月15日　初版第1刷発行

著　者　キリエ
発行者　瓜谷 綱延
発行所　株式会社文芸社
〒160-0022　東京都新宿区新宿1-10-1
電話　03-5369-3060（編集）
03-5369-2299（販売）
振替　00190-8-728265

印刷所　東洋経済印刷株式会社

ISBN4-8355-4505-2 C0092